KB158508

할아버지의 천사

유타 바우어 글·그림 | 유혜자 옮김

할아버지의 천사

비룡소

우리 할아버지는 옛날 이야기를 잘해 주세요.

내가 놀러 갈 때마다 할아버지는 이야기를 해 주시지요.

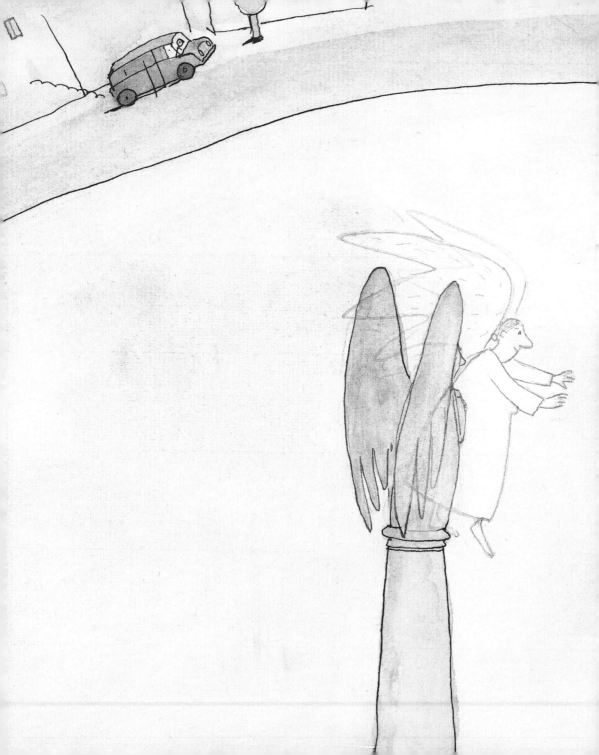

"난 아침마다 큰 광장을 가로질러 학교에 갔지.

광장 한가운데에는 커다란 천사 동상이 있었단다.
난 그 동상을 한 번도 쳐다보지 않았어.
학교 가느라 너무 바빴고 가방이 무거웠거든.

어떤 날에는 하마터면 버스에 치일 뻔했단다.

그때만 해도 도로에 차가 별로 없었는데도 말이야.

학교까지 가는 길은 꽤 멀었고 길에는 움푹 파인 구덩이도 있었어.

으슥한 곳도 있었지.

거위들이 꽥꽥대며 달려드는 날도 있었어.

그렇지만 난 세상에 무서운 것이 하나도 없었단다. 언제나 친구들
중에 가장 용감한 아이였지. 높은 나무에도 곧잘 올라갔고

깊은 호수를 보면 겁 없이 풍덩 뛰어내렸지.

덩치 큰 개도 나만 보면 무서워서 벌벌 떨었단다.

물론 나를 괴롭히는 아이들도 있었어. 난 그 애들과 끝까지 싸웠지.
가끔은 싸우다가 내가 질 때도 있었지만

대개는 내가 이겼어.

난 정말 아무것도 무서워하지 않았단다.

그때 난 그게 얼마나 위험한 일인지 알지 못했거든.

그렇지만 내 친구 요제프는 잘 알고 있었지.

그 애는 나보다 겁이 훨씬 많았어.

어느 날 갑자기 그 애가 어디론가 흔적도 없이 사라져 버렸단다.

난 그 애를 다시는 보지 못했고 그 후로 오랫동안 슬퍼했지.

난 조금씩 어른이 되어 갔어.

그렇다고 살기가 더 쉬워진 건 아니었지.

전쟁이 터졌고

배고픔에 시달렸고

여러 가지 일을 했단다.

때로는 잘하지 못하는 일도 할 수 없이 해야만 했어.

난 사랑하는 사람을 만났고

아빠가 되었단다.

집을 지었고

자동차도 샀지.

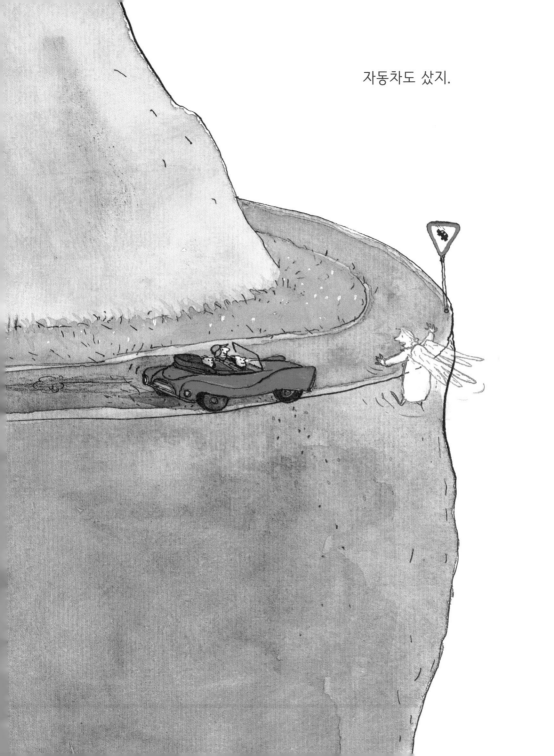

손자도 생겼어.

생각해 보면 난 정말 멋진 인생을 살았단다.

가끔은 믿기 어려운 일이 일어난 적도 있었지만,

난 정말 운이 좋았단다."

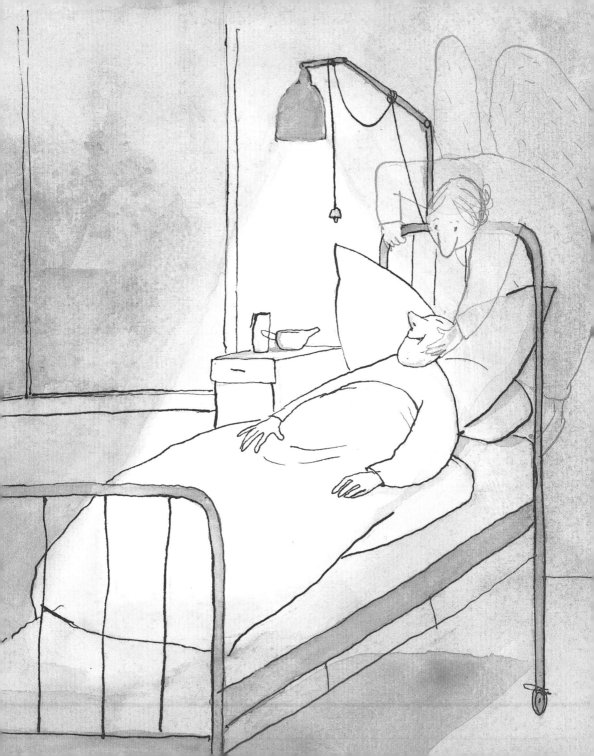